校园故事会

感悟一生的智慧故事

胡罡 主编

黄河出版传媒集团
阳光出版社

图书在版编目（CIP）数据

感悟一生的智慧故事 / 胡罡主编 .—— 银川：阳光
出版社 ,2016.8
（校园故事会）
ISBN 978-7-5525-2827-5

Ⅰ.①感… Ⅱ.①胡… Ⅲ.①故事 – 作品集 – 中国
Ⅳ.① I247.81

中国版本图书馆 CIP 数据核字 (2016) 第 190145 号

校园故事会　感悟一生的智慧故事　　　　　胡罡　主编

责任编辑　刘涛
封面设计　华文书海
责任印制　岳建宁

黄河出版传媒集团
阳 光 出 版 社　出版发行

出 版 人　王杨宝
地　　址　宁夏银川市北京东路139号出版大厦（750001）
网　　址　http：//www.yrpubm.com
网上书店　http：//www.hh-book.com
电子信箱　yangguang@yrpubm.com
邮购电话　0951-5047283
经　　销　全国新华书店
印刷装订　三河市京兰印务有限公司
印刷委托书号　（宁）0002087

开　　本　710mm×1000mm　1/16
印　　张　7.5
字　　数　90千字
版　　次　2016年9月第1版
印　　次　2016年9月第1次印刷
书　　号　ISBN 978-7-5525-2827-5/I·788
定　　价　15.80元

前　言

　　我们在故事的摇篮里长大,故事就像一个最最忠实的好朋友,时时刻刻陪伴在我们身边。它把勇敢和智慧传递给我们,也把快乐、爱与美注入我们的心田。

　　《校园故事会》系列所选用的故事内容丰富、主人公形象生动活泼,而其寓意也非常深刻,会让你在愉快的阅读中了解到什么是美,什么是丑,什么是善,什么是恶,什么是直,什么是曲。我们相信,这些故事一定会使广大学生受益匪浅。真诚地希望本系列丛书能成为家长教育孩子的好助手,学生成长的好伙伴!

　　本系列丛书内容包括亲情、哲理、处世、智慧等故事,会使你在阅读中收获真知与感动,在品味中得到启迪与智慧。可以说,它们是父母送给孩子的心灵鸡汤,自己送给自己的最好礼物,同学送给同学的智慧锦囊,老师送给学生的精神读本。

　　总而言之,这是一套值得您精读,值得您收藏,更值得您向他人推荐的好书。因为课本上的道理是一条条教给您的,而这套书中的“故事”所蕴含的大道理、大智慧是要您自己揣摩的。

　　本系列图书在编写过程中不免会有瑕疵,望广大读者批评指正,我们会虚心改正。

编　者

目　录

一位名医与一句话

有一个青年,出生在杭州的一个书香世家。他在 18 岁时考入上海同济大学医学院。20 岁时被学校选派到德国慕尼黑大学医学院深造。26 岁获得博士学位后,他被留在慕尼黑大学附属医院工作。8 个月之后,他做了从医后的第一个手术,那是一个小小的阑尾炎手术。可病人在四五天后去世了,他心里非常难过。尸体解剖证明,手术没问题,不是他的责任。

然而,他的导师讲了一句话:"她是四个孩子的妈妈……"这句话刀刻一般印在他的脑子里,使他一生难忘,深深地影响着他日后 60 多年的外科生涯。他就是我国医学界泰斗级的人物——裘法祖院士。

当记者问到他一生中最大的成就时,他提到的是 60 多年前他的导师说的"她是四个孩子的妈妈"那句话,是真诚真心地对待病人、爱护病人的理念,是他于 2001 年获得的中国医学基金会颁发的全国"医德风范终身奖"。这个奖项旨在表彰医德医风堪称全国楷模的老专家,目前全国只有四人获此殊荣。

裘法祖觉得这是他人生中最重要的成就。他把善待病人看作是比他的任何学术贡献都要重要的成就。

智慧箴言

对一个人来说,高尚的品德是一种隐型的成就,他比那些看得见的成就更加深入人心,影响更加持久。

慧眼怎么练就

英国银行协会每年都会组织一个为期两周的培训班,目的是帮助银行职员识别假钞。但这个培训班的教学方法与众不同。在培训的两个星期里,学员们一张假钞也不去摸,训练时用的都是真钞,上课时讲解的也都是真钞的特点。

不接触假钞,怎么能识别它们呢?很多人对这项培训的有效性产生过怀疑。银行系统也曾对受训职员和上过其他假钞识别课的职员进行过跟踪调查。但统计结果表明,受了这种培训的职员对假钞的识别能力要强得多。

这种方法成功的秘密是什么呢?专家们解释说,受训时学员摸到、看到的全是真钞票。通过反复接触,他们的手指、眼睛习惯了真钞的感觉。在日后的工作中一旦遇到假钞,他们就会感到非常不习惯。虽然对假钞的特征一无所知,但潜意识里却感到:"这不是真钞!"

辨别是非和识别假钞是一样的道理。当你心中只有真诚之念、当你交往的都是高尚之友、当你所做的都是善良之举时,真善美就会变成你的一部分。到那时,任何假丑恶都逃不过你的眼睛。

智慧箴言

　　根据医学排斥理论,身体会对与自身不相融的外来器官、细胞产生排斥作用。同样道理,如果你的身体是善的,自然对恶有本能的排斥,因为善恶不相融。相反亦然。

把谁扔下去

有一艘船载着 3 个人，其中一个是美国著名的物理学家，另外两个分别是美国著名的生物学家和数学家。不料在海上发生了意外，为了挽救另外两个人的生命，把损失降到最小，必须把一个人扔下去，那么应当把谁扔下去呢？这是美国一家著名的报社出的题目，并以 1 000 美金向全国征求最佳答案。

这件事引起美国人民的极大兴趣，报社收到了来自各地的不同答案，大家各抒己见，绝大多数人都是从这 3 个人的工作谈起，从不同的方面论证他们的重要性，一时间全国陷入对物理、生物、数学哪一个更重要的大规模争论中，谁也无法说服谁。最后，奖金的得主竟是一个年仅 10 岁的小孩，他的答案很简单：把那个最胖的扔下去！

智慧箴言

生活原本其实是很简单的，复杂起来的原因往往是我们自己人为造成的。

土 坯

　　有一块害怕被火烧的土坯,在进窑之前,偷偷从车上溜了下来。它想:何必去遭那罪呢? 就凭这暖暖的太阳,何愁晒不硬呢? 这个办法既舒服,又保险。于是,它固执地躺在地上,自由自在地享受着温暖的日光浴。有砖出窑了,红红的,硬硬的。土坯不羡慕,也不着急。它感觉自己也在渐渐变硬,只是没有那耀眼的红色。可是土坯不明白,不经过锻烧怎么会有红色呢? 如果仅仅是没有红颜色也就罢了——有一天,一场雨下来,土坯支持不住,变成了一摊泥。又过了几日,风吹雨淋,就再也找不到土坯的踪影了。

6

智慧箴言

　　不经千锤百炼,怎能坚硬如钢! 害怕艰苦挑战的人,是经不住风雨考验的。那些逃避困难的人,永远无法成就辉煌事业。

坏邻居

在美国的东部，有一所几乎全世界的知识分子都知晓的非常著名的学府，它的入学成绩需要平均 90 分以上，它一门课的学费，可以相当于普通家庭整月的开销，它的学生常穿着印有校名的 T 恤在街上招摇……

但是，这个学校也有着严重的困扰，因为它紧邻一个治安极坏的贫民区。学校的玻璃经常被顽童打破，学生的车子总是失窃，学生在晚上被抢已不是新闻，女学生甚至遭到强暴的命运……

"我们这么伟大的学校，怎能有那么糟糕的邻居。"董事会议愤怒地一致通过："把那些不上路的邻居赶走！"方法很简单——以学校雄厚的财力把贫民区的土地和房屋全部买下，改为学校校园。

于是校园变大了。但是问题不但没有解决，反而变得更严重了。因为那些贫民虽然搬走，却只是向外移，隔着青青的草地，学校又与新贫民区相接；加上扩大的校园难于管理，治安更糟了。

董事会失去了主意，请来当地的警官共谋对策。

"当你们与邻居相处不来时，最好的方法不是把邻人赶走，更不是将自己封闭，反而应该试着去了解、沟通，进而影响、教育他们。"警官说。

校董们相顾半晌，哑然失笑。他们发现身为世界最著名学府的董事，竟然忘记了教育的功能。

他们设立了平民补习班，送研究生去贫民区调查探访，捐赠教育器材给邻近的中小学，并辅导就业，更开辟部分校园为运动场，供青少年们使用。没有几年，这所学校的治安环境已经大大地改善，而那邻近的贫民区，更眼看着步入了小康。

智慧箴言

教育是缩小精神上、物质上贫富差距的最根本方法。想与你的差劲邻居和平相处的最好方法就是去帮助他、影响他。

大象与啄木鸟

森林里，一只老鹰扑向了一只啄木鸟。正在小溪边喝水的大象看见后，就扬起长鼻子把吸起的溪水向远处的老鹰射去。老鹰受惊后飞走了。啄木鸟得救了，他飞到大象跟前说："谢谢您的帮助。当您遇到困难的时候，我也会来帮助你的。"大象一点儿也不相信啄木鸟能在哪一件事情上可以帮上他的忙。他总以为自己是森林中的老大哥，虽能热心帮助别人，却从来就很漠视小动物们的本领。过了几个月，大象的右前腿里长了一块多余的骨头，疼得他连路也走不动。啄木鸟知道后，就飞来用他的尖嘴帮大象凿掉了那块多余的骨头。大象很感激啄木鸟，也终于懂得了各有所长这个道理。

从此，大象不再漠视小动物们的本领，同时跟啄木鸟成了一对互相帮助的好朋友。

智慧箴言

尺有所短，寸有所长。谁都有自己的长处和短处，关键是找到发挥自己长处的地方。

感悟一生的智慧故事

死在兔岛上的狼

一匹狼被洪水卷进了大海,他抱着一根木头漂到了一座小小的荒岛上。

这是一个兔岛,岛上可以填饱狼肚子的只有兔子。"这么多兔子,多好啊!"狼垂着长长的馋涎自语,"我要把他们通通制成腊兔,等太阳把海水晒干后,带回去家里慢慢享用,那是多美好的事情啊。"

于是他就干起了不停地捕杀兔子的工作。

兔子们非常恐慌,兔王冒着生命危险去跟狼谈判。他们希望狼每天只吃一两只体弱的兔子.这样,兔子的数量不会减少,狼也永远不会挨饿。狼坚信海水会被太阳晒干,根本听不进兔王的话,反而把兔王也变成了腊兔。

很快,小岛上再也看不到兔子的踪迹了,他们都被狼制成了腊兔。狼也只能天天吃着腊兔,然后休闲地等着太阳把海水晒干,一天又一天地这样重复度日。

直到两年过去了,狼储备的腊兔快吃光了,可海水并没有晒干,还是可怕地包围着小岛。他开始恐慌了,他后悔没有听从兔王的建议,自己很快就要被饿死了! 不久,狼找不到其他可以吃的食物,终于变成了小岛上一堆闪着磷火的白骨。

智慧箴言

　　错误地估计形势，又盲目地采取行动，结果只能以失败告终。

你想到几步

差不多在同一时间,爱若和布若一起受顾于一家超级市场,开始时两人都一样,从最底层干起。可不久后,爱若受到总经理的青睐,一再被提升,从领班直到部门经理。布若却像被遗忘了一般,还在最底层混。终于有一天布若忍无可忍,向总经理提出辞呈,并痛斥总经理狗眼看人,辛勤工作的人不提拔,倒提那些吹牛拍马的人。

总经理耐心地听着,他了解这个小伙子,工作肯吃苦,但似乎缺了点儿什么。缺什么呢?三言两语说不清楚,说清楚了他也不服,看来……他忽然有了个主意。

"布若先生",总经理说,"您马上到集市上去,看看今天有什么卖的。"

布若很快从集市上回来说,刚才集市上只有一个农民拉了车土豆在卖。

"一车大约有多少袋,多少斤?"总经理问。

布若又跑去,回来后说有40袋。

"价格是多少?"布若再次跑到集市上。

总经理望着跑得气喘吁吁的他说:"请休息一会儿吧,看看爱若是怎么做的。"说完叫来爱若对他说："爱若先生,您马上到集市上去,看看今天有什么卖的。"

　　爱若很快从集市上回来了,汇报说到现在为止只有一个农民在卖土豆,有 40 袋,价格适中,质量很好,他带回几个让总经理看。这个农民一会儿还将弄几箱西红柿上市,据他看价格还公道,可以进一些货。他想这种价格的西红柿总经理大约会要,所以他不仅带回来几个西红柿作样品,而且把那个农民也带来了,他现在正在外面等回话呢。

　　总经理看了一眼红了脸的布若,说:"请他进来。"

智慧箴言

　　人生就像下棋,很多时候,你能想到几步决定了你的能力到底有多大。

扫阳光

　　有兄弟二人,年龄不过四五岁,由于卧室的窗户整天都是紧闭着的,他们觉得屋内太阴暗,看见外面灿烂的阳光,两人十分羡慕。

　　兄弟俩就商量说:"我们可以一起把外面的阳光扫一点进来。"

　　于是,兄弟两人拿着扫帚和簸箕,到阳台上去扫阳光。等到他们把簸箕搬到房间里的时候,里面的阳光就没有了。这样一而再再而三地扫了许多次,屋内还是一点阳光都没有。

　　正在厨房忙碌的妈妈看见他们奇怪的举动,问道:"你们在做什么?"

　　他们回答说:"房间太暗了,我们要扫点阳光进来。"

　　妈妈笑道:"只要把窗户打开,阳光自然会进来,何必去扫呢?"

智慧箴言

　　只有把封闭的心门敞开,成功的阳光才能驱散失败的阴霾。

盲人提灯

有一个盲人，晚上出门总要提着一个明亮的灯笼。别人看见了，感到非常奇怪，于是就问他："你又看不见，为什么还要提着灯笼走路呢？"

没想到，那个盲人认真地回答说："道理很简单，我提灯笼当然不是为自己照亮道路，而是为了给别人照亮，让他们能看见我，这样既帮助了别人，又保护了自己。"

一位司机听到这个故事，讲了自己的一个经历。他说："以前我开车经过隧道，总是不喜欢开车灯。隧道不长，里边光线也不差，认为实在没有必要开开关关。不料有一天被迎面开来的大卡车撞个正着，险些命丧黄泉。后来我才觉悟到，开车灯是给对方看的，因为经过隧道时，对方是从亮处进入暗处，视觉难免调整不过来，加上对面的来车也不开灯，那就实在太危险了。"

智慧箴言

为别人着想的人，最终都帮助了自己；不为别人着想的人，自己可能时常有麻烦。

感悟一生的智慧故事

感悟一生的智慧故事

司机考试

    某公司准备以高薪雇用一名小车司机,经过层层筛选和考试后,只剩下最后三名技术最优良的竞争者。

    主考者问他们:"悬崖边有块金子,你们开着车去拿,觉得能距离悬崖多近而又不至于掉下去呢?"

    "两公尺。"第一位说。

    "半公尺。"第二位很有把握地说。

    "我会尽量远离悬崖,愈远愈好。"第三位说。

    结果这家公司录取了第三位。

16

智慧箴言

    当我们驾驶着人生之车行在路上时,总会遇上这样或那样的诱惑。它们都很危险,别跟他们较劲,离得越远越好。

阳光就在自己头顶

由于干旱缺水和有地鼠为患,一位农妇种黄豆时,把种子埋得很深。过了几天,农妇带上只有 6 岁的儿子去察看。翻开土壤,他们发现很多种子都长出了长茎,顶端是两瓣黄黄的嫩芽,这柔弱的生命正在土壤的空隙中七弯八拐地往上生长着,很快就要破土而出了。

儿子惊讶地问:"妈妈,小苗长眼睛了吗?"

"没有。"

"那它们怎么都知道要往上长,而不往下长呢?"

"因为它们要寻找太阳,没有阳光它们最终会死的。"

儿子又问农妇:"妈妈,我要是没有阳光会死吗?"

答案是肯定的,但农妇不敢这样回答,只好对他说道:"孩子,你放心,不会没有阳光的。"

其实,人的生命里时常会有失去"阳光"的日子,就像种子被埋在土里一样。埋得很深的种子,固然生长艰难,但长大后必定根深叶茂,能经风雨。

种子没长眼睛,但向上的种子告诉我们,阳光就在自己的头顶……

智慧箴言

　　巨大的生命力使地下的种子穿过重重阻力来到地面接受阳光,因为它的生命里不能没有阳光。人的生命中也不能没有阳光,但有时候,它的到来需要你拨开层层乌云。

感悟一生的智慧故事

责 任

19

5岁的汉克跟着爸爸、妈妈、哥哥一起到森林干活,突然间下起了雨,可是他们只有一块雨披。爸爸将雨披给了妈妈,妈妈给了哥哥,哥哥又给了汉克。

汉克问道:"为什么爸爸给了妈妈,妈妈给了哥哥,哥哥又给了我呢?"爸爸回答道:"因为爸爸比妈妈强大,妈妈比哥哥强大,哥哥又比你强大呀。我们都会保护比较弱小的人。"

汉克左右看了看,跑过去将雨披撑开来挡在了一朵风雨中飘摇的娇弱小花上面。

智慧箴言

保护弱者是人的善性的体现,是人的责任感的体现,是一个社会和谐美好的体现。

钥　匙

　　一把结实的大锁挂在大门上。为了打开它，一根铁杆费了九牛二虎之力，可还是无功而返。钥匙来了，他瘦小的身子钻进锁孔，只轻轻一转，大锁就"啪"地一声打开了。铁杆奇怪地问："为什么我费了那么大力气也打不开，而你却轻而易举地就把它打开了呢？"

　　钥匙说："因为我最了解他的心。"

智慧箴言

20

　　每个人的内心，都像一扇上了锁的大门，任你再粗的铁棒也撬不开。唯有关怀，才能把自己变成一只细腻的钥匙，进入别人的心中，了解别人。

道一声早安

20世纪30年代，每天早晨，一位犹太传教士总是按时到一条乡间土路上散步。无论见到什么人，他总是热情地打一声招呼："早安。"

其中，有一个叫米勒的年轻农民，对传教士的这声问候，起初反应冷漠。在当时，当地的居民对传教士和犹太人的态度是很不友好的。然而，年轻人的冷漠，未曾改变传教士的热情，每天早上，他仍然给这个一脸冷漠的年轻人道一声早安。终于有一天，这个年轻人脱下帽子，也向传教士道一声："早安。"

好几年过去了，纳粹党上台执政。

这一天，传教士与村中所有的人，被纳粹党集中起来，送往集中营。在下火车、列队前行的时候，有一个手拿指挥棒的指挥官，在前面挥动着棒子，叫道："左，右。"被指向左边的是死路一条，被指向右边的则还有生还的机会。传教士的名字被这位指挥官点到了，他浑身颤抖，走上前去。当他无望地抬起头来，眼睛一下子和指挥官的眼睛相遇了。

传教士习惯地脱口而出："早安，米勒先生。"

米勒先生虽然没有过多的表情变化，但仍禁不住还了一句问候：

"早安。"声音低得只有他们两人才能听到。最后的结果是：传教士被指向了右边——意思是生还者。

不要低估了一句话、一个微笑的作用，它很可能使一个不相识的人走进你，甚至爱上你，成为开启你幸福之门的一把钥匙，成为你走上柳暗花明之境的一盏明灯。有时候，"人缘"的获得就是这样"廉价"而简单。

智慧箴言

人是很容易被感动的，而感动一个人靠的未必都是慷慨的施舍、巨大的投入。往往一个热情的问候、温馨的微笑，也足以在人的心灵中洒下一片阳光。

感悟一生的智慧故事

听的艺术

一天,美国知名主持人林克莱特访问一名小朋友,他问:"你长大后想要干什么呀?"

小朋友天真地回答:"嗯……我要当飞行员!"

林克莱特接着问:"如果有一天,你的飞机飞到太平洋上空所有引擎都熄火了,你会怎么办?"

小朋友想了想:"我会先告诉坐在飞机上的人绑好安全带,然后我挂上我的降落伞跳出去。"

当在现场的观众笑得东倒西歪时,林克莱特继续注视着这孩子,想看他是不是自作聪明的家伙。没想到,接着孩子的两行热泪夺眶而出,这才使得林克莱特发觉这孩子的悲悯之情远非笔墨所能形容。

于是林克莱特问他说:"为什么要这么做?"

小孩的答案透露出一个孩子真挚的想法:"我要去拿燃料,我还要回来!"

你听到别人说话时,你真的听懂他说的意思了吗?你懂吗?如果不懂,就请听别人说完吧,这就是"听的艺术":一、听话不要听一半。

二、不要把自己的意思，投射到别人所说的话上头。

智慧箴言

　　人与人之间的交流和沟通，其实是一门艺术。为了不曲解别人想要传达的意思，我们要有一颗善于倾听的心——它应该是一颗谦逊、智慧、公正的心。

谈　判

有一天,沙漠与海洋谈判。

"我这么干,干得连一条小溪都没有,而你却那么多水,变成汪洋一片,"沙漠建议,"不如,我们来个交换吧。"

"好啊,"海洋欣然同意,"我欢迎沙漠来填补海洋,但是我已经有沙滩了,所以只要土,不要沙。"

"我也欢迎海洋来滋润沙漠,"沙漠说,"可是盐太咸了,所以只要水,不要盐。"

有的谈判,看来非常理想,却永远谈不成。

智慧箴言

　　有时候,之所以出现许多不和谐的结果,并不是因为我们的想法不够美好,而是由于我们的想法太过美好,以至于超出了彼此的承受范围。

哭泣的原因

很久以前,有座深山里住着一位隐士。他因品德高尚而深受人们敬重。自然界的任何生命他都不会去伤及,为了防止走路时不小心踩到蚂蚁,他连走路都小心翼翼。在生活方面他对自己要求也极为严谨,因此深受弟子爱戴。

他过了80岁以后,身体大不如从前,他自己也意识到这一点,知道死神越来越近了。弟子们都聚集到了他的床边,他却哭了起来。

弟子们非常吃惊,问道:"您为什么哭呀?您每天都在坚持学习,教育弟子,但是从来没有流过泪。您还经常施恩于人,所以在这个国家备受人们尊重,况且诸如政治之类复杂的、需要勾心斗角的交际圈您从未参与,您没有理由哭啊,可是您为什么哭得如此伤心呢?"

"我之所以哭,是因为临死之前如果扪心自问:'你学习过吗?''你品行端正吗?''你行过善吗?'我可以全部回答'是'。可是如果问:'你过的是正常人的生活吗?'我只能回答'不是'。所以我哭了。"

智慧箴言

人生苦短,何必为了一些虚无缥缈的名号,而压抑人性、失去生活的乐趣呢?享受生活的每一天,在快乐中度过一生,这才是最值得我们向往的。

与其失去一切，不如相信奇迹

古时候，有一个被判了死刑的人。在行刑前，他突然向国王保证，他可以在一年内教会陛下的马飞翔，并由此获得了缓刑——但如果不成功，他将被处以特别的酷刑。

这个人是这样想的，"在一年之内，国王可能死掉，要不马也可能会死掉，而且谁也不能洞察一年内的一切。也许，那马真的学会了飞翔呢？"

与其失去一切，不如相信奇迹。

智慧箴言

大多时候，我们不快乐是因为我们太"深谋远虑"了，我们虚构了太多可能发生的困难和不幸来恐吓自己，其实，可以暂且不管它，活在当下才是最重要的。

感悟一生的智慧故事

监狱可能还不够用

　　拿破仑·希尔曾经做过这样一个试验,他问一群学生:"你们有多少人觉得我们可以在 30 年内废除所有的监狱?"

　　学员们觉得很不可思议,这可能吗?他们怀疑自己听错了。一阵沉默以后,拿破仑·希尔又重复了一遍:"你们有多少人觉得我们可以在 30 年内废除所有的监狱?"

　　确信拿破仑·希尔不是在开玩笑以后,马上有人站起来大声反驳:"这怎么可以!要是把那些杀人犯、抢劫犯以及强奸犯全部释放,你想想会有什么可怕的后果啊?这个社会别想得到安宁了。无论如何,监狱是必需的。"

　　其他人也开始七嘴八舌讨论:"我们正常的生活会受到威胁。""有些人天生坏,改不好的。""监狱可能还不够用呢!""天天都有犯罪案件的发生!"还有人说,有了监狱,警察和狱卒才有工作做,否则他们都要失业了。

　　拿破仑·希尔不为所动,他接着说:"你们说了各种不能废除的理由。现在,我们来试着相信可以废除监狱,假设可以废除,我们该怎么做。"

　　大家勉强地把它当成试验,开始静静地思索,过了一会儿,才有人犹豫地说:"成立更多的青年活动中心应该可以减少犯罪事件。"不久,这群在 10 分钟以前坚持反对意见的人,开始热心地参与了,纷纷提出了自己认为可行的措施。"先消除贫穷,低收入阶层的犯罪率高。""采取预防犯罪的措施,辨认、疏导有犯罪倾向的人。""借手术方法来医治某些罪犯。"最后,总共提出了 78 种构想。

智慧箴言

　　当你认为某件事不可能做得到时,你的大脑就会为你找出种种做不到的理由。但是,当你真正相信某一件事确实可以做到,你的大脑就会帮你找出能做到的各种方法。

从咫尺到天涯的雨滴

在美国的俄亥俄州,有一座地理位置非常独特的房子。下雨时,落在屋顶北侧的雨滴,与小溪汇合后,会流进附近的安大略湖,然后汇入位于加拿大东南部的圣劳伦斯湾;而落在屋顶南侧的雨滴则经密西西比河,最终流入位于美国南部的墨西哥湾。在这座房子屋脊的最高处,两边雨滴的落点常常变幻不定。许多应该落在南侧的雨滴落在了北侧,或者应该落在北侧的雨滴落在了南侧。这些最初相距不过咫尺的雨滴经蜿蜒流淌最终抵达大海后,彼此之间的距离达到了 2 000 多英里。

令人惊讶的是,决定这些雨滴最终去向的不过是雨天从屋顶轻拂而过的一缕微风。

智慧箴言

生活中许多看似微不足道的举动或话语,或者小小的事件,往往在不经意间影响着自己或者他人,并最终改变一个人一生的命运。

猎豹和鬣狗

一头猎豹发现了一只梅花鹿,猎豹凶狠地扑了上去。

"我是动物中的长跑健将,你能追上我吗?"梅花鹿可不是等闲之辈,他轻蔑地瞟了猎豹一眼,扭头飞快地向荒原奔去。

猎豹可来了气,大声喝道:"站住!快站住!我比你跑得更快,你逃得掉吗?"

就这样,动物中的两个长跑健将展开了一场旋风般的追逐。

他们跑了一程又一程,梅花鹿终因体力不支,脚一软,打了个趔趄。猎豹用尽最后一点力气扑上去,咬住他的喉咙,抱着他筋疲力尽地倒在草地上。

这时,几条鬣狗来到猎豹面前,狞笑着说:"感谢你呀,老兄,为我们准备了这么味美的午餐!"

"什么?"猎豹气喘吁吁地说,"我花了那么大力气才抓住他,你们竟想不劳而获?"

鬣狗脸色陡然一变,从牙缝里挤出一句话:"你真不懂礼貌。客人来了,你竟然不欢迎?"

说着,几个鬣狗气势汹汹地向他包围过来。

　　若在平时,猎豹对付这几个小丑,就像猫抓老鼠一样轻而易举,可是,此时他实在没有一点儿力气了,只好极不情愿地放下猎物,费劲儿地站了起来,悻悻地走开,眼巴巴地望着鬣狗狼吞虎咽而又无可奈何。

　　太阳升起又落下,落下又升起,荒原上的猎豹濒临灭绝的境地。因为,他们只会捕捉猎物,却不能保住胜利果实。

智慧箴言

　　生活需要智慧,一味地蛮干,最后的结局只能是被坏人利用,为他人做嫁衣裳。

牛的悲哀

一头勤劳的牛病倒了,主人很心疼,也很难过。

在主人的细心照料下,病牛的病情逐渐好转,它备受感动。一天,看着主人的劳繁疲惫与万分辛苦,病牛实在于心不忍,于是它鼓足了全身的力气,拼命拉了一天的犁。

病牛的突然"康复"让主人欢喜万分。但事实上,病情却恶化了许多,然而为了主人高兴,也为给主人分担辛苦,病牛第二天又坚持着拉了一天犁。这主人竟没半点欢喜,反而有些怀疑:病牛其实很懒惰,装病,逃避工作,还白白让我照顾它。为了证实自己的想法,主人决定让病牛继续拉犁。尽管病情又恶化了许多,病牛想:我是头勤劳的牛,如果今天不坚持下去,主人肯定会认为我不愿吃苦,懒惰,岂不是勤劳一生所得之美名毁于一旦吗?所以一定要坚持住。

侥幸,第三天坚持过去了。主人欣慰地想:这家伙果然是装病。幸好我聪明,早早识破了。这下可要狠狠地惩罚他。于是,病牛拉的犁更重了。然而病情却非常严重了,但是病牛想:主人也太不理解我了,唉,我只好再坚持下去,用行动来证明我的清白。

第四天,坚持。

感悟一生的智慧故事

第五天，坚持。

第六天，坚持。

第六天，终于，病牛坚持不住了，再次倒下了。

这次彻底病入膏肓了。然而让病牛悲哀的是：主人不再同情他，也不再难过，还说"像这种东西，死了才好"。

智慧箴言

在生活中，人与人交往时，一味地付出并不见得是好事。

相互沟通、相互理解才是一种健康正常的人际关系。

小鲨鱼的贪婪

深海里，一只小鲨鱼长大了，它开始跟着妈妈学习觅食。渐渐的，小鲨鱼学会了如何捕捉食物。妈妈对它说："孩子，你长大了，应该离开我去独自生活。"鲨鱼是海底的王者，几乎没有什么生物能伤害它，所以虽然妈妈不在小鲨鱼的身边，但还是很放心。妈妈相信，儿子凭借着优秀的捕食本领，一定能生活得很好。

几个月后，鲨鱼妈妈在一个小海沟里见到了小鲨鱼，被儿子吓了一跳。小鲨鱼所在的海沟食物来源很丰富，小鲨鱼就是被鱼群吸引到这里的，小鲨鱼在这里应该变得强壮起来，可是它看上去却好像营养不良，很疲惫。

究竟出了什么问题呢，鲨鱼妈妈想。妈妈正要过去问小鲨鱼，却看见一群大马哈鱼游了过来，而小鲨鱼也来了精神，正准备捕食。

鲨鱼妈妈躲在一边，看着小鲨鱼隐蔽起来，等着马哈鱼到自己能够攻击到的范围。一条马哈鱼先游过来，已经游到了小鲨鱼的嘴边，也丝毫没有感觉到危险。鲨鱼妈妈想，这下儿子一张嘴就可以美餐一顿，可是出乎它意料的是，儿子连动也没有动。

两条、三条、四条，越来越多的马哈鱼游近了，可是小鲨鱼却还是没有动,盯着远处剩下不多的马哈鱼,这个时候小鲨鱼急躁起来,凶狠地扑了过去,可是距离太远,马哈鱼们轻松摆脱了追击。

鲨鱼妈妈追上小鲨鱼问:"为什么不在马哈鱼在你嘴边的时候吃掉它们?"小鲨鱼说:"妈妈,你难道没有看到,我也许能得到更多。"

鲨鱼妈妈摇摇头说:"不是这样的,欲望是无法满足的,但机会却不是总有。贪婪不会让你得到更多,甚至连原来能得到的也会失去。"

智慧箴言

　　小鲨鱼如此,其实人又何尝不是这样。有些时候,得不到的原因不是你没有努力,而是你的心放得太大,来不及收网。

感悟一生的智慧故事

抬起两只脚的后果

印度哲学家奥修曾在他的书中讲过这样一个故事：他对一个人说，站立时我有办法让你的左脚不能抬起来。那个人就笑他，脚是我自己的，你怎么能让我抬不起来呢。于是奥修就对他说，你先把你的右脚抬起来。等那人照办后，他又说，别放下你的右脚，再把你的左脚抬起来。那人自然做不到了。

有时候我们以为自己做得越多，就得到越多，机会和可能性越多。可有时候却是恰恰相反，因为做了一件事却可能使我们陷入绝境。

还记得刚入小学一年级的时候，老师问我们有什么梦想，回忆一下那些梦想绝大多数惊天动地，比如成为国家领袖、宇航员、科学家、世界首富、电影明星、首席间谍……就连律师、医生这类比较时髦的职业都很少进入考虑之列。而老师看着未来的栋梁们，听得眉开眼笑，以后可以借着"名人之师"的名义发达了。

不过，当然不可能一个班都成为时代英雄。过了 17 年，又遇到了昔日的同学，大家的理想几乎全部变成了：在 40 岁前还完房子的贷款；在 5 年内晋升为主任；嫁个合适的人；把父母接到城市里生活……要说我们班最大的英雄，应该数那个男生，一举让老婆生了对双胞胎。

37

大家都比童年生活幸福了好多倍,但在前景问题上想象力却越来越差。因为我们剩下的时间越来越少,我们做得已经够多了。更糟糕的是,我们不仅做了很多,我们做错的也很多,每个人这些年都犯过或多或少的错误,这些错误让我们失去了对可能性的想象。我们总是在一个人、一家公司或一件事上浪费了太多的时间,做了太多的事,多到无法再重新开始。

智慧箴言

　　不断地成长,不断地成熟,我们变得越来越现实,手头上的事情越来越纷杂。我们失去了理想,那种为了一个内心向往的理想而不计其余的冲劲,我们永远地失去了。

称谓的魔力

有时候,仅仅是称呼变化一下,就会达到超乎想象的效果。

美国某公司有个门卫,由于这份工作已经干了很久,就生出了厌倦和不满的情绪,表现不如刚到岗位时那般认真负责,而是一味地应付、懈怠,甚至得过且过。不久,公司上级部门派来一位新经理,这个懒散的门卫突然变得勤快、积极,还主动和人打招呼,一如从前上岗时精神焕发。员工们为他判若两人迷惑不解,不知道他怎么会变化如此神速。后来打听到新经理没花一分钱作奖励,只是把门卫的称谓改成"防卫工程师"。

智慧箴言

人不仅需要物质刺激,更需要精神鼓励。由此看来,金钱有魔力,但不一定是时时处处有魔力,称谓魔力会将它远远抛在后面。

房子与馅饼

在一次重要的国际比赛上,国内的一位跳高运动员正面临着冲击金牌的最后一跳。教练对他说:"跳过这两厘米,你的房子就到手了。"结果他没跳过那两厘米。在洛杉矶奥运会上,当已经受伤的跳水王子洛加尼斯同样面临着冲击金牌的最后一跳时,教练对他说的是:"你妈妈在家等着你呢。跳完这轮,你就可以回家吃你妈妈做的小馅饼了。"洛加尼斯用他的毅力和精神面貌征服了所有裁判。同样是激励性诱导,一所房子与妈妈的小馅饼,在运动员的心理上引起的反应有什么不同呢? 运动心理专家研究表明:在重要时刻,如果一味地加重其心理负担,反而会影响到运动员的发挥;但如果将很重要的目标简单化、生活化,反而让运动员产生一种轻松的心理,有助于其正常发挥甚至超常发挥。这就是沉甸甸的房子与轻松美味的小馅饼所产生不同效果的原因。

智慧箴言

当教练说,你跳过去就能得到房子,其实他同时传达了另一个意思:跳不过去的话,房子就没有了。这与其说是激励,不如说是威胁。

聪明的仆人

在斯威夫特博士家附近,住着一位富有的老妇人,她经常派仆人给他送礼物。博士每次都接受她的礼物,但从不给那位仆人任何酬谢。

一天,博士正在书桌前忙着写东西,那位仆人突然冲进了他的房间,将一个包裹扔在书桌上,大声说道:"这是我的主人送给你的两只兔子。"

斯威夫特转过身来说:"孩子,包裹可不是这么个送法呀。现在,你坐到我的位子上去,看我是怎么送的包裹,你一定要记住这个教训。"

那位仆人坐了下来,斯威夫特走出去,敲了敲门,等待回音。仆人说:"进来。"

博士进了门,走到桌旁说道:"先生,我的女主人向您致以亲切地问候,并希望您收下这两只兔子。"

仆人回答说:"谢谢你,向你的女主人致谢,谢谢她的关心。另外,这两个先令是送给你本人的。"

博士笑了笑,打那以后,斯威夫特从没忘记给那位仆人小费。

智慧箴言

生活中的许多事情,直截了当地说出来会很尴尬,而不说出来又很郁闷。这时候,不妨动动脑子,用迂回的办法达到直接的目的。

41

独奏演员

　　法国马赛的一个学生夏令营访问一所中国学校，在那所学校的体育馆里，中法两国的孩子进行了交流表演。这所学校的教育以艺术见长，孩子们会弹奏钢琴、笛子、二胡、吉他等多种乐器，而且都是独奏，而且都是独奏。真的，中国孩子们的表演很出色，孩子们发挥了自己最好的水平，许多高难度的曲子也被孩子们演绎得行云流水。

　　演奏结束，法国孩子的带队老师一脸疑惑地问："你们怎么会有那么多的独奏演员？"

　　校长说："因为我们的每个孩子都很出色。"

　　法国老师仍然一脸迷惑。

　　轮到法国孩子表演了，一共 6 个节目，没有一个节目是独奏表演，所有的演奏均有多个孩子参与。这下轮到校长迷惑了。

　　他问法国老师："孩子们是不是特别喜欢合奏？"

　　法国老师说："对，合奏需要配合，需要更高的艺术修养，合奏表现的音乐氛围，独奏是无法表现出来的。"

　　法国老师继续问校长："你们学校中有那么多的独奏演员，他们有上台表演的机会吗？你们真的需要那么多的独奏演员吗？"

对于法国老师的提问,校长觉得莫名其妙。让孩子学音乐,当然希望能像莫扎特一样成为出色的独奏演员,而不是庞大乐队中的一个。

法国老师说:"真不可思议,你们的孩子学音乐是为了让自己出名?"

在法国老师的要求下,校长把所有孩子集合起来,为法国孩子合奏一曲《莫斯科郊外的晚上》。结果,法国老师听着听着就皱起了眉头,而校长也满脸尴尬,因为,这些在独奏时表现出色的孩子,在合奏这首简单的曲子时,曲调竟然一团糟。

智慧箴言

更多的时候,这个社会需要的不只是善于单打独斗的人,而是善于和别人协作的人。而我们的教育,一直与这个需求背道而驰,这不能不说是中国教育的悲哀。

43

大象的鼻子

　　上帝在造物的时候，由于一时疏忽，把大象的鼻子拉得又大又长，使大象变得奇丑无比。

　　本来，它想再为大象重新造一个鼻子，但转念一想，世界上已经有那么多美丽的动物了，比如老虎、长颈鹿、天鹅、孔雀等，也应该有一些丑陋的动物才是，这样世界才变得丰富多彩。于是，它决定让大象接受丑陋的事实。

　　大象一开始不知道自己长得丑陋，它喜欢到动物中间去活动，可是，别的动物见了它后都纷纷躲开了，像是碰到了怪物。大象十分纳闷，心想：自己是一个善良温和的动物，从没有伤害过其他动物，可为什么大家如此不愿意和我在一起呢？

　　一天，大象去湖边喝水，湖水清如明镜，大象仔细地看着自己在水中的影像，天哪，自己怎么这样丑陋呀，大象伤心极了："上帝为什么给别的动物制造出比例合适而且好看的鼻子，偏偏给我造了一个奇大奇丑的鼻子。"

　　不过，大象是心胸开阔的动物，它想：上帝不会给我丑陋的东西，既然有了这个大鼻子，那么就用它做些事情吧。

它先学会用鼻子吸水，只要自己站在河边上，把长长的鼻子往河中一伸，就很容易吸到河中的水。这样别的动物喝不到水的地方，而大象往往能够喝到。

大象还用长鼻子去卷树枝，拔树干，作为自己的食物，由于鼻子又长又大，它能够得到很高地方的树枝树叶，拔出很粗很粗的树木，丑鼻子给大象带来了数不清的好处。

由于大鼻子发挥了作用，大象吃到和喝到的东西又多又好，而且由于经常使用鼻子干活，使大象得到了很好的锻炼，它的身体越来越强壮。亿万年之后，大象成为陆地上最为强大的动物，很少有动物敢挑战大象。

这天，上帝忽然想起了大象和它的丑鼻子。上帝感到很内疚，觉得一时突发奇想，一定给大象造成了终生的缺憾。于是，它想找到大象，给它重新造一只好看的鼻子。

可是，当它找到大象时，却吃惊地发现大象不是原来的样子了，它变成了庞然大物，大象的鼻子比原来大多了长多了，看上去并不丑，而是显得很有力量。

天哪，上帝惊叹一声，说道："大象是一个聪明的动物，它把自己的丑陋变成了一种力量，丑鼻子已成为大象生存的法宝，看来我没有必要再改造它了。"

人们都不希望自己长相丑陋，但是，你倘若真的长得丑陋该怎么办？

自惭形秽是不解决问题的。最为明智的选择是以此作为抗争的动力，将丑陋转化为一种力量，当你变得强大的时候，丑陋就会转变为美丽了。现在我们还有谁说大象长得丑陋呢？

智慧箴言

如果你长相丑陋，或者所处地位丑陋，或者所处环境丑陋，怨天尤人是没用的，只有用积极进取的方式来改变这一切，才能走出困境，拯救自己。

感悟一生的智慧故事

橡树的使命

在一个可能是任何地方的地方,在一个可能是任何时间的时间,有一个美丽的花园,里面长满了苹果树、橘子树、梨树和玫瑰花,它们都幸福而满足地生活着。

47

花园里的所有成员都是那么快乐,唯独一棵小橡树愁容满面。可怜的小家伙被一个问题困扰着:那就是,它不知道自己是谁。

苹果树认为它不够专心,"如果你真的努力了,一定会结出美味的苹果,你看多容易!"玫瑰花说:"别听它的,开出玫瑰花来才更容易,你看多漂亮!"失望的小橡树按照它们的建议拼命努力,但它越想和别人一样,就越觉得自己失败。

一天,鸟中的智者来到了花园,听说了小树的困惑后,它说:"你别担心,你的问题并不严重,地球上的许多生灵都面临着同样的问题。我来告诉你怎么办。你不要把生命浪费在去变成别人希望你成为的样子,你就是你自己,你要试着了解你自己,要想做到这一点,就要倾听自己内心的声音。"说完,就飞走了。

小树自言自语道:"做我自己?了解我自己?倾听自己的内心声音?"突然,小树茅塞顿开,它闭上眼睛,敞开心扉,终于听到了自己内心的声音:"你永远都结不出苹果,因为你不是苹果树;你也不会每年每天都开花,因为你不是玫瑰。你是一棵橡树,你的命运就是要长得高大挺拔,给鸟儿们栖息,给游人们遮阴,创造美丽的环境。你有你的使命,去完成它吧!"

小树顿觉浑身上下充满了力量和自信,它开始为实现自己的目标而努力。很快它就长成了一棵大橡树,填满了属于自己的空间,赢得了大家的尊重。这时,花园里才真正是每一个生命都快乐。

智慧箴言

在生活中,每个人都有自己需要完成的使命和属于自己的位置,不要让任何事或任何人阻止我们认识和享受我们存在的美妙真谛。

生命的感染

49

　　一位工人在野外作业时,不小心被雷电击中而心脏停止了跳动,做人工呼吸也毫无作用。在旁的一位医生,身边只有一把水果刀,情急之中医生就用这把小刀切开他的胸腔,以手折断肋骨数根,将手探入胸腔提动心脏使之恢复跳动,工人"死"而复生。

　　所有的人,尤其是医界人士闻后都惊叹,惊叹之后又很疑惑地说:"这个人也许不太懂医,他这么做,难道不怕病人感染吗?"

　　应该说,在那种情况下,那个医生绝对伟大,他做出最佳选择,让病人感染。因为只有生命存在才有可能抵御感染,无论是被感染还是抵御感染都使生命更具活力。

　　永不受感染,只有一种情况,那就是生命已不复存在。

智慧箴言

　　　　对于外界的污浊,远离它并不是最安全的办法。主动去认识它、了解它,然后从内心产生强大的抵抗力,这才是一劳永逸的好药方。

气 球

有一个推销员在纽约街头卖气球。每当生意稍差时,他就会放出一个气球,以招揽生意。

当气球在空中飘浮时,就有一群新顾客聚拢过来,这时他的生意又会好一阵子。他每次放的气球都变换颜色,起初是白的,然后是红的,接着是黄的……

过了一会儿,一个黑人小男孩拉了一下他的衣袖,望着他,并问了一个有趣的问题:"先生,如果你放的是黑色气球,会不会上升?"气球推销员看了一下这个小孩,就以一种同情、智慧和理解的口吻说:"孩子,那是气球内所装的东西使它们上升的。"

智慧箴言

有时我们太在乎别人或者自己的外表了,其实,决定一个人一生的是你肚子里到底装了多少有用的东西,它远胜于你的脸长成什么样。

好战的狼

"一想起父亲我就感到荣耀，"小狼对狐狸讲，"他是一位真正的英雄。他在整个地区曾引起何等的敬畏呀！他一个接一个地战胜了两百多个敌人，把他们肮脏的灵魂送进了地狱。奇怪的是，他终于被一个敌人打败了。"

"致悼词的人可以这样表达，"狐狸说，"然而实在的历史学家会这样补充：他一个接一个地战胜的两百多个敌人全是些绵羊和骡子；而那个征服他的人，是他胆敢触犯的第一头母牛。"

智慧箴言

清醒，不仅是一种态度，更是一种素质。当我们被什么遮住双眼而头脑发昏时，就会产生两种错觉：或者妄自尊大，或者妄自菲薄。

他把花都给了人

一天早晨,爸爸站在花园中,孩子们正向学校走。一个小男孩走近他,问道:"我能折枝花吗?"

"你想要哪枝?"爸爸问道。小男孩选了一枝很低的郁金香。然后爸爸说:"这花归你了。如果你把花留在这儿,它还能开好几天。要是你现在折它,那就只能玩一会儿了。你想怎么办呢?"

小男孩想了想说:"那我就把它留在这儿,等我放学回来再看看它。"

那天下午,有二十几个孩子等着我爸爸给他们选花,并且都同意把他们的花留在花园,直到它们枯萎。

那年春天,爸爸把整个花园的花全给了人,没丢一枝。

智慧箴言

有时候,恰恰是旺盛的占有欲使我们失去了很多东西,并且搞乱了我们的心情。换一种心态你会发现,有些东西,把它当成别人的,反而会拥有得更久。

学大雁，别做海鸥

很容易理解人们为什么喜欢海鸥——在礁石嶙峋的海港上空，一只海鸥在自由地飞翔。它的双翼强劲地向后拍打着，越升越高，越升越高，直到高过所有其他海鸟，然后滑翔出一个个华丽的弧圈。它不断地表演着，好像知道一架摄像机正对准它，记录着它的优雅。

但是在海鸥群里，它完全变了个样子，所有的优雅与庄严都堕落为肮脏的内斗与残忍。还是那只海鸥，它像炸弹般冲入鸥群中，偷走一点肉屑，激起散落的羽毛和愤怒的尖叫。海鸥之间不存在分享与礼貌的概念，只有嫉妒和凶猛的竞争。如果你在一只海鸥的腿上系上根红丝带，使它显得与众不同，你就等于宣判了它的死刑。其他海鸥用爪子和嘴猛烈地攻击它，让它皮开肉绽、鲜血直流，直到倒在地上成为血肉模糊的一团。

如果我们一定要选一种鸟儿作为人类社会的榜样，那么海鸥绝对不是个好选择。相反，我们应当学习大雁的行为。你曾想过为什么大雁要排成"V"字形的雁阵吗？科学家告诉我们，在雁阵中大雁飞行的速度比单飞高出 71％。处于"V"字形尖端的大雁任务最为艰巨，需要承受最大的空气阻力，因此领头的大雁每隔几分钟就要轮换，这样雁群就可以长距离飞行而无需休息。

雁阵尾部的两个位置最为轻松,强壮的大雁就让年幼、病弱以及衰老的大雁占据这些省力的位置。雁阵不停地鸣叫,这是强壮的大雁在鼓励落后的同伴。如果哪只大雁因为过于疲劳或生病而掉队,雁群也不会遗弃它。它们会派出一只健康的大雁,陪伴掉队的同伴落到地上,一直等到它能继续飞行。

这种紧密合作的社会秩序对于雁群的生存和健康发展起了非常关键的作用……然而有时候我们的社会更像是亿万孤独的海鸥组成的群体,人们为个人的利益争吵不休,代价是不得不孤独地承受自身的压力。

智慧箴言

一个民族的强大,并不仅仅是个体的强大,而是其中的个体更懂得团结。否则,一盘散沙,同室操戈,个体越强大,则民族衰落得越迅速。

幻想也是财富

　　在我们身边总有一些很奇怪的人,他们对任何事情都喜欢提出一些看上去不合逻辑的奇思妙想,他们的想法常常被当作笑料传播。不过,就在大家的笑声中,他们中的一些人却因此获得了成功。

　　越战期间,美国好莱坞曾经举办过一场募捐晚会,由于当时的反战情绪比较强烈,募捐晚会以1美元的收获而收场。在这次晚会上,一个叫卡塞尔的小伙子一举成名,他是苏富比拍卖行的拍卖师,这唯一的1美元就是他募得的。在晚会现场,他让大家选出一位漂亮姑娘,然后由他来拍卖这位姑娘的吻,最后,他终于募到难得的1美元。当好莱坞把这1美元寄往越南前线的时候,美国的各家报纸都进行了报道。

　　这无疑是对战争的嘲讽,多数人也都把它当作一个笑料。然而德国的猎头公司却发现了这位天才,他们认为卡塞尔是棵摇钱树,谁能运用他的头脑,必将财源滚滚。于是建议日渐衰落的奥格斯堡啤酒厂重金聘请他为顾问。1972年,卡塞尔移民德国,受聘于奥格斯堡啤酒厂。在那里,他果然不断有奇思妙想,他甚至开发出美容啤酒和沐浴用啤酒,这使奥格斯堡一夜之间成了全球销量最大的啤酒厂。

　　而卡塞尔最引人注目的举动是 1990 年，他以德国政府顾问的身份主持拆除柏林墙。这一次，他让柏林墙的每一块砖都变成了收藏品，进入全世界 200 多万个家庭和公司，创造了城墙售价的世界记录。

智慧箴言

　　千万不要轻视和嘲笑你身边那些敢于幻想的人，说不定哪一天，他的异想天开就会变成摇钱树，让我们所有的人目瞪口呆。

忠诚与误解

有位年轻的猎人，他的枪法极准，甚至可以说是百步穿杨。可他总是捕猎不到大雁，为此他十分苦恼。有一次，他特意向一位长者求教。

长者把他领到一片大雁栖息的芦苇地，让他查看。年轻的猎人，看了半天也没看出来什么。随后，长者指着站得最高的一只大雁说："那只大雁是这雁群中放哨的，我们管它叫雁奴。它只要一发现异常情况就会向雁群发出警报，所以猎人想要接近雁群往往是很困难的。但我有办法能让这群大雁不再相信雁奴，你现在故意惊动雁奴再潜伏不动。"

年轻人照做了。雁奴发现年轻人后立即向同伴发出警告，正在栖息的雁群闻讯后纷纷出逃，但没发现什么，便又飞回原地。

长者让年轻人如法炮制了好几回。

终于，几乎所有的大雁都以为雁奴谎报军情，纷纷把不满发泄在雁奴身上，可怜的雁奴被啄得伤痕累累。

"现在，你可以逼近雁群了。"长者提醒道。

于是，年轻人大摇大摆地走进了芦苇地，雁奴虽瞧在眼里但也懒得再管，年轻人举枪……

智慧箴言

悲剧往往是这样发生的：忠诚的人被误解，而被误解的人不能坚持到底。

58

你不能施舍给我翅膀

在蛾子的世界里,有一种蛾子名叫"帝王蛾"。

以"帝王"来命名一只蛾子,你也许会说,这未免太夸张了吧？不错,如若它仅仅是以其长达几十公分的双翼赢得了这样的名号,那的确是有夸张之嫌;但是,当你知道了它是怎样冲破命运的苛刻设定,艰难地走出恒久的死寂,从而拥有飞翔的快乐时,你就一定会觉得那一顶"帝王"的冠冕真的是非它莫属。

帝王蛾的幼虫时期是在一个洞口极其狭小的茧中度过的。当它的生命要发生质的飞跃时,这天定的狭小通道对它来讲无疑成了鬼门关。那娇嫩的身躯必须拼尽全力才可以破茧而出。太多太多的幼虫在往外冲杀的时候力竭身亡,不幸成了"飞翔"这个词的悲壮祭品。

有人怀着悲悯恻隐之心,企图将那幼虫的生命通道修得宽阔一些。他们拿来剪刀,把茧子的洞口剪大。这样一来,茧中的幼虫不必费多大的力气,轻易就从那个牢笼里钻了出来。但是,所有因得到了救助而见到天日的蛾子都不是真正的"帝王蛾"——它们无论如何也飞不起来,只能拖着丧失了飞翔功能的累赘的双翅在地上笨拙地爬行。原来,那"鬼门关"般的狭小茧洞恰是帮助帝王蛾幼虫两翼成长的关键所在,穿越的时候,通过用力挤压,血液才能顺利送到蛾翼的组织中去;唯有两翼充血,帝王蛾才能振翅飞翔。人为地将茧洞剪大,蛾子的翼翅就失去充血的机会,生出来的帝王蛾便永远与飞翔无缘。

没有谁能够施舍给帝王蛾一双奋飞的翅膀。

我们不可能成为统辖他人的帝王,但是我们可以做自己的帝王。不惧怕独自穿越狭长墨黑的隧道,不指望一双怜恤的手送来廉价的资助,将血肉之躯铸成一支英勇无畏的箭镞,带着呼啸的风声,携着永不坠落的梦想,拼力穿透命运设置的重重险阻,义无反顾地射向那寥廓美丽的长天……

感悟一生的智慧故事

智慧箴言

没有谁的哪次成功是轻而易举的,尤其是第一次。它们都是经过艰苦的奋争和不懈的坚持而来之不易的战果,你没有成功,只因你的生命中缺少了这些。

争执的美丽

　　1872 年的一天,斯坦福与科恩在美国加利福尼亚的一个酒店里,围绕"马奔跑时蹄子是否着地"发生了激烈地争执,斯坦福认为,马奔跑得那么快,在跃起的瞬间四蹄应是腾空的。而科恩认为,马要是四蹄腾空,岂不成了青蛙?应该是始终有一蹄着地。两人各执一词,争得面红耳赤,谁也说服不了谁。

　　于是两人就请英国摄影师麦布里奇做裁判,可麦布里奇也弄不清楚,不过摄影师毕竟是摄影师,他又自己独特的点子。他在一条跑道的一端等距离放上 24 个照相机,镜头对准跑道;在跑道另一端的对应点上钉好 24 个木桩,木桩上系着细线,细线横穿跑道,链接上相机快门。

　　一切准备就绪,麦布里奇让一匹马从跑道的一头飞奔到另一头,马一边跑,一边依次绊断 24 根细线,相机跟着拍下了 24 张相片,相邻两张相片的差别都很小。相片显示:马奔跑时始终有一蹄着地,科恩赢了。

　　事后,有人无意识地快速拉动那一长串相片,"奇迹"出现了:各相片中静止的马互相重叠成一匹运动的马,相片"活"了。电影的"雏形"

经过艰辛试验终于成熟了。

智慧箴言

　　留心生活的每一瞬间，坦诚己见，并为之争执、理论，适时求助、探究，也许重大发现就在眼前。

悠然下山去

森林中举办比"大"比赛。老牛走上擂台,动物们高呼:大。大象登场表演,动物们也欢呼:大。台下角落里的一只青蛙气坏了,难道我不大吗?青蛙嗖地跳上一块巨石,拼命鼓起肚皮,并神采飞扬地高喊:我大吗?不大。传来一片嘲讽之声。

青蛙不服气,继续鼓肚皮。随着"嘭"的一声,肚皮鼓破了。可怜的青蛙,至死也不知道它到底有多大。

我的一位朋友,是个登山队员,一次他有幸参加了攀登珠穆朗玛峰的活动,在 6 400 米的高度,他体力不支,停了下来。当他讲起这段经历时,我们都替他惋惜,为何不再坚持一下呢?再攀一点高度,再咬紧一下牙关。

"不,我最清楚,6 400 米的海拔是我登山生涯的最高点,我一点都没有遗憾。"他说。

我不禁对他肃然起敬。联想起人生,一个人不怕拔高,就怕找不到生命的至高点。任何事情都存在突破口,但不是任何人都能够穿越突破口,抵达更高的层次。

那么,揣一根坐标尺上路该是何等重要。它既能督促我们不懈努力地攀登，又能提醒我们恰到好处地戛然而止。

　　仰之弥高，那是笨蛋的愚蠢和贪婪。一个智者，此时此刻，也许悠然而从容地下山去了。

智慧箴言

　　如果说挑战是对生命的发扬，那么明智该是另一种美好的境界，是对生命的爱戴和尊敬。一个不懂得珍惜生命的人，命运会给予他惩罚。

死亡的名字

　　在一个小镇上，有三位年轻人看到一支送葬的队伍。他们打听到，原来死者是他们的两位朋友：一位叫"友谊"，另一位叫"快乐"，他俩被一个外号叫"死亡"的人谋杀了。三位中一位年龄最小的人对他的两个朋友说："这个外号叫'死亡'的家伙到底是谁？咱们一起去找他，为咱们的朋友报仇！"

　　半路上，他们遇上了几位神色慌张的人，其中一位老太太告诉他们，"死亡"正在追赶他们，必须赶快逃走，否则便会被杀害，并劝其他人也一起逃走，如果遇上"死亡"便没命了。他们告诉老太太，他们就是来杀"死亡"的。在他们的再三要求下，老太太告诉他们，"死亡"就在小村子后面那座山的山顶上的一棵老橡树下。

　　他们三人兴奋地向山顶走去，并拿出随身携带的尖刀，随时准备捕杀"死亡"。但出乎意料的是，当他们高度戒备地来到那棵老橡树下时，没有看到想象中的面目狰狞的"死亡"，却发现一箱子金光闪闪的金币。他们马上丢下尖刀，欣喜若狂地数起金币来，把寻找"死亡"的事忘得一干二净。那个领头的年轻人说："我们必须守住这些金币，否则会被认为是偷来的而被投进监狱。这样吧，我们来抽签，谁的签最短,谁就去镇上买吃的,另外两人就留下来守住这金币,明天我们就把金币分了各奔东西。"最年轻的小伙子抽到了那支最短的签,他拿着几块金币到小镇上买吃的去了。

两个守金币的人各怀鬼胎,最后他俩想出一个共同的计划:等他们的朋友带着吃的回来时,把他杀掉,然后吃掉食物,再把本该分成三份的金币分成两份。那个买吃的年轻人走进小镇时则想:如果在这些吃的食物里放进毒药,那么,那些金币就可以归我一人所有。于是,他先吃饱了,然后在食物和饮料里放进一种无色无味的烈性毒药,并于当晚回到朋友身边。不料他刚回来,便被两个朋友杀害了。他们得意地吃着同伴买回的食物和饮料,几分钟后,他俩也中毒身亡。

他们怎么也没想到,他们也会像他们的朋友"友谊"、"快乐"那样被"死亡"杀害。更想不到的是:杀害他们的"死亡",其实是蕴藏在金币后面的贪婪。

感悟一生的智慧故事

智慧箴言

在贪婪面前,无论是友谊、快乐,还是生命,都会走向死亡。

维持原貌

有个皇帝想整修京城里的一座寺庙,他派人四处寻找技艺高超的设计师,希望能够将寺庙整修得美丽而庄严。

后来有两组人员被找来了,其中一组是京城里很有名的工匠,另外一组是几个和尚。由于皇帝没有办法判断到底哪一组人员的手艺比较好,于是他决定给他们一个机会做出比较。

皇帝要求这两组人员各自去整修一个小寺庙,而这两座寺庙互相面对面,三天之后,皇帝要来观看效果。

工匠组向皇帝要了 100 多种颜色的颜料,又要了很多的工具。而让皇帝很奇怪的是,和尚们居然只要了一些抹布与水桶等简单的清洗用具。

三天之后,皇帝来了。他首先看到的是工匠们所装饰的寺庙。他们用了非常多的颜料,以非常精巧的手艺把寺庙装饰得五颜六色。皇帝很满意地点点头,接着回过头看和尚负责整修的寺庙,他看了一眼就愣住了:寺庙中非常干净,里面所有的物品都显出了它们原来的颜色,而它们光泽的表面就像镜子一般,无瑕地反射出外界的颜色,那天边多变的云彩,随风摇曳的树影,甚至对面五颜六色的寺庙,都变成了这个寺庙美丽色彩的一部分,而这座寺庙只是宁静地接受这一切。皇帝被这庄严的寺庙深深地感动了,当然我们也知道最后的胜负了。

智慧箴言

　　生活中,每件事情都有自己的风格和特点,如果我们用大量的油漆涂抹掉它本来的面目,它也就失去了内在的价值。

许多人不懂的浅显道理

1930 年,德国出了一本批判相对论的书,书名叫《一百位教授出面证明爱因斯坦错了》。爱因斯坦知道后,耸耸肩说:"一百位?干嘛要这么多人?只要能证明我真的错了,哪怕一个人出面也足够了。"

智慧箴言

绵羊再多,对狮子却毫无威胁。一千只母鸡的翅膀也不如老鹰一双翅膀有力。这是浅显的道理,无奈许多人不懂。

69

感悟一生的智慧故事

这回运气好,没有风

那是在克尼斯纳,一个林工正解释如何伐树。他指出:要是你不知道那棵树砍了会落在哪里,就不要去砍它。"树总是朝支撑少的那一方落下,所以你如果想使树朝哪个方向落下,只要削减那一方的支撑便成了。"他说。我半信半疑,稍有差错,我们就可能一边损失一幢昂贵的小屋,另一边损坏一幢砖砌车库。

我满心焦急,在两幢建筑物中间的地上划一条线。那时还没有链锯,伐树主要是靠腕劲和技巧。老林工朝双手啐了口口水,挥起斧头,向那棵巨松砍去,树身底处粗一米多。他的年纪看来已六十开外,但臂力十足。

约半小时后,那棵树果然不偏不倚地倒在线上,树梢离开房子很远。我恭贺他,他把树干砍伐成一堆整齐的圆木,又把树枝劈成柴薪。我告诉他,我绝不会忘记他的砍树心得。

他举起斧头扛在肩上,正要转身离去,却突然说:"我们运气好,没有风。永远要提防风。"

老林工的言外之意,我在数年后接到关于一个心脏移植病人的验尸报告时才忽然明白。那次手术想象不到的顺利,病人的复原情况也极好。然而，忽然间一切都不对了，病人死掉了。验尸报告指出病人腿部有一处微伤，伤口感染了肺，导致整个肺丧失机能。

那老林工的脸蓦地在我脑海里浮现。他的声音也响起来："永远要提防风。"简单的事情，基本的真理，需要智慧才能了解。那个病人的死，惨痛地提醒我们"为山九仞，功亏一篑"这个道理。纵使那个伤口对健康的人是无关痛痒，但已夺去了那个病人的命。

老林工和他的斧子可能早已入土，然而，他却留下了一个训诫给我，待我得意之时用来警惕自己。人人都得意洋洋时，我会紧紧盯着镜里的影子，对自己说："我们这回运气好，没有风。"

智慧箴言

永远警惕那些看似微不足道的事情，许多时候，让我们功亏一篑的不是波浪翻滚的大海，而是平静狭小的阴沟。

三条忠告

猎人抓到了一只会说70种语言的鸟。

"放了我,"这只鸟说,"我将给你三条忠告。"

"先告诉我,"猎人回答道,"我发誓我会放了你。"

"第一条忠告是,"鸟说道,"做事后不要懊悔。"

"第二条忠告是:如果有人告诉你一件事,你自己认为是不可能的就别相信。"

"第三条忠告是:当你爬不上去时,别费力去爬。"

然后鸟对猎人说,"该放我走了吧。"猎人依言将鸟放了。

这只鸟飞起后落在一棵高树上,并向猎人大声喊道:"你真愚蠢。你放了我,但你并不知道在我的嘴中有一个价值连城的大珍珠。正是这个珍珠使我这样聪明。"

这个猎人很想再捕获这只放飞的鸟,他跑到树跟前并开始爬树。但是当爬到一半的时候,他掉了下来并摔断了双腿。

鸟嘲笑地向他喊道:"笨蛋!我刚才告诉你的忠告你全忘记了。我告诉你一旦做了一件事情就别后悔,而你却后悔放了我。我告诉你如果有人对你讲你认为是不可能的事,就别相信。但你相信像我这样一只小鸟的嘴中会有一个很大的宝贵珍珠。我告诉你如果你爬不上某东西时,就别强迫自己去爬。而你却追赶我并试图爬上这棵大树,还掉下去摔断了你的双腿。"

"希望你永远记住:'对聪明人来说,一次教训比蠢人受一百次鞭挞还深刻。'"

说完鸟就飞走了。

智慧箴言

聪明人和蠢人的区别只是在于:前者只会在同一个地方摔倒一次,而后者会在相同的地方摔倒无数次。

73

免费而珍贵的礼物

多克是一个信差,他始终坚信自己的使命就是向人们传递快乐,因此,他的口袋里总是装着许多小纸条,上面写着一些鼓励性的话。他将信件和电报送到人们手中的同时,也留给他们一张小纸条,告诉他们"今天是美好的一天","要笑口常开","别再烦恼"。

第二次世界大战期间,多克因为年龄太大而没能入选参加战斗,但他自告奋勇来到了野战医院做了一名志愿者,协助医院救死扶伤。

有一天,他突发奇想,在医院的墙上写了一句话:"没有人会死在这里。"他的行为引起了大家的注意,医院的人说他疯了,也有人认为这句话无伤大雅,不必擦掉。

那句话一直没有人去管,就一直留在了那面墙上。后来,不但伤员,就连医生、护士包括院长,都渐渐地记住了这句话。

伤病员们为了不让这句话落空而坚强地活着,医生和护士为了这句话,尽力地给予病人最精心的医治和护理。这个医院变成了一家坚强的医院,每个人的脸上都有一种盼望和坚毅的表情。

智慧箴言

有时候，创造奇迹的不是巨人，也许只是一句话。而一句鼓励的话语，就是给对方一个免费却珍贵的礼物，它在我们的生命里，微不足道，却往往重如千钧。

四颗补鞋钉

在苏格兰的一个小镇上,一位年迈的鞋匠决定把补鞋这门本事传给三个年轻人。在老鞋匠地悉心教导下,三个年轻人进步很快。当他们学艺已精,准备去闯荡时,老鞋匠只嘱咐了一句:"千万记住,补鞋底只能用四颗钉子。"三个年轻人似懂非懂地点了点头,踏上了旅途。

过了数月,三个年轻人来到了一座大城市各自安家落户,从此,这座城市就有了三个年轻的鞋匠。同一行业必然有竞争。但由于三个年轻人的技艺都不相上下,日子也就风平浪静地过着。

过了些日子后,第一个鞋匠就对老鞋匠那句话感到了苦恼。因为他每次用四颗钉子总不能使鞋底完全修复,可师命不敢违,于是他整天冥思苦想,但无论怎样想他都认为办不到。终于,他不能解脱烦恼,只好扛着锄头回家种田去了。

第二个鞋匠也为四颗钉子苦恼过,可他发现,用四颗钉子补好鞋底后,坏鞋的人总要来第二次才能修好,结果来修鞋的人总要付出双倍的钱。第二个鞋匠为此暗喜着,他自认为懂得了老鞋匠最后一句话的真谛。

第三个鞋匠也同样发现了这个秘密,在苦恼过后他发现,其实只要多钉一颗钉子就能一次把鞋补好。第三个鞋匠想了一夜,终于决定加上那一颗钉子,他认为这样能节省顾客的时间和金钱,更重要的是他自己也会安心。

又过了数月,人们渐渐发现了两个鞋匠的不同。于是第二个鞋匠的铺面里越来越冷清,而去第三个鞋匠那儿补鞋的人越来越多。最终,第二个鞋匠铺也关门了。

日子就这样持续下去,第三个鞋匠依然和从前一样兢兢业业地为这个城市的居民服务。当他渐渐老去时,他似乎懂得了老鞋匠那句嘱咐的含义。

再过了几年,鞋匠的确老了,这时又有几个年轻人来学这门手艺,当他们学艺将成时,鞋匠也同样向他们嘱咐了那句话:"千万记住,补鞋底只能用四颗钉子。"

智慧箴言

对于陈旧的事物,要创新,而且不能有贪念,否则必会被这个社会所淘汰。

美国总统和亿万富翁

美国第三任总统托马斯·杰斐逊在给孙子的忠告里，提到了以下10点生活的原则：

1.今天能做的事情绝对不要推到明天。

2.自己能做的事情绝对不要麻烦别人。

3.决不要花还没有到手的钱。

4.决不要贪图便宜购买你不需要的东西。

5.绝对不要骄傲，那比饥饿和寒冷更有害。

6.不要贪食，吃得过少不会使人懊悔。

7.不要做勉强的事情，只有心甘情愿才能把事情做好。

8.对于不可能发生的事情不要庸人自扰。

9.凡事要讲究方式方法。

10.当你气恼时，先数到10再说话，如果还气恼，那就数到100。

约翰·丹佛是美国硅谷著名的股票经纪人，也是跻身美国10亿身价俱乐部的成员，在对记者的一次答辩中，我们看到他对以上几个问题的回答，非常有趣的是它们之间鲜明的对比。我们从中可以看出一个政治家和一个商人的截然不同之处：

1.今天能做的事情如果放到明天去做,你就会发现很有趣的结果。尤其是买卖股票的时候。

2.别人能做的事情,我绝对不自己动手去做。因为我相信,只有别人做不了的事情才值得我去做。

3.如果可以花别人的钱来为自己赚钱,我就绝对不从自己的口袋里掏一个子儿。

4.我经常在商品打折的时候去买很多东西,哪怕那些东西现在用不着,可是总有用得着的时候,这是一个预测功能。就像我只在股票低迷的时候买进,需要同样的预测功能。

5.很多人认为我是一个狂妄自大的人,这有什么不对吗?我的父母我的朋友们在为我骄傲,我想不出我有什么理由不为自己骄傲,我做得很好,我成功了。

6.我从来不认为节食这么无聊的话题有什么值得讨论的。哪怕是为了让我们的营养学家们高兴,我也要做出喜欢美食的样子,事实上,我的确喜欢美妙的食物,我相信大多数人有跟我一样的喜好。

7.我常常不得不做我不喜欢的事情。我想在这个世界上,我们都没有办法完全按照自己的意愿做事。正像我的理想是一个音乐家,最后却成为一个股票经纪人。

8.我常常预测灾难的发生,哪怕那个灾难的可能性在别人看来几乎为零。正是我的这种动物的本能使我的公司在美国的历次金融危机中逃生。

9.我认为只要目的确定,我就不惜代价去实现它。至于手段,在这个时代,人们只重视结果,有谁去在乎手段呢?

10.我从不隐瞒我的个人爱好,以及我对一个人的看法,尤其是当我气恼的时候,我一定要用大声吼叫的方式发泄出来。

智慧箴言

在一定的具体情况下,世界上的名言都是真理,问题是哪些适合你,而哪些对你来说是摧残。

上帝没有轻看卑微

一位父亲带着儿子去参观梵·高的故居,在看过那张小木床以及裂了口的皮鞋之后。

儿子问父亲:"梵·高不是位百万富翁吗?"

父亲答:"不是,梵·高是一位穷人,他甚至穷得连妻子都没娶上。"

第二年,这位父亲带儿子去丹麦,在安徒生的故居前,儿子又困惑地问:"爸爸,安徒生不是生活在皇宫里吗?"

父亲答:"不是,安徒生是位鞋匠的儿子,他就生活在这栋阁楼里。"

这位父亲是一个水手,他每年往来于大西洋各个港口。这位儿子他的名字叫伊东·布拉格,是美国历史上第一位获普利策奖的黑人记者。

20年后,在回忆童年时光的时候,他说:"那时我们家真的很穷,父母都是靠出苦力为谋生。有很长一段时间,我一直认为像我们这样地位卑微的黑人是不可能有什么大出息的。好在那个时候父亲让我认识了梵·高和安徒生,这两个人告诉我,上帝没有轻看

感悟一生的智慧故事

卑微。"

智慧箴言

　　自信，是指自己相信自己。自信对我们的生活非常重要，我们的事业、我们的爱情、我们的生活、我们的工作，不管是哪一个领域，自信都是无比重要的。

　　很多时候，你没有成功，只是因为你自己看低了自己。

抉 择

村庄里住着一位睿智的老人,村民有什么疑难问题都来向他请教。有一天,一个聪明调皮的孩子,想要故意为难那位老人。他捉了一只小鸟,握在手掌中,跑去问老人:"老爷爷,听说您是最有智慧的人,不过我却不相信。如果您能猜出我手中的鸟是活的还是死的,我就相信了。"

老人注视着小孩子狡黠的眼睛,心中有数,如果他回答小鸟是活的,小孩会暗中加劲把小鸟掐死;如果他回答是死的,小孩就会张开双手让小鸟飞走。老人拍了拍小孩的肩膀笑着说:"这只小鸟的死活,就全看你的了。"

每个人的前途与命运,就像那只小鸟一样,完全掌握在你自己的手中。升学也罢,就业也好,创业亦如此,只要奋发努力,均会成功。

智慧箴言

人生就是一连串的抉择,每个人的前途与命运,完全掌握在自己手中,只要努力,终会有成。

感悟一生的智慧故事

贤人与年轻人

一位年轻人向贤人请教人生智慧。

"年轻人啊,请随我一起来。"

贤人一边说,一边默默地向附近的湖走去。

走到湖边,贤人毫不犹豫地跨进湖里,向湖的深处走去;年轻人无奈,只好跟随在贤人后面。

湖渐渐深起来,水浸没到年轻人的脖子,可是贤人毫不介意年轻人那恐惧的目光,走得更远了。水终于浸没了年轻人的头顶。不久,贤人又默默地转回身,回到湖岸边。

上岸后,这位贤人用揶揄的口吻问年轻人:"潜入水下时,你有何感觉?除了想上岸之外,还考虑别的事吗?"

年轻人立即答道:"我只想得到空气。"

贤人慢慢地训谕道:"正是如此啊!要想求得智慧,就要像沉入水下时想得到空气一样强烈,才能获得啊。"

智慧箴言

　　当你专心致志于一件事情而心无旁念时，离成功就只有一步之遥了。读书有三到：心到、眼到、口到。心不在此，则眼看不仔细，心眼既不专一，却只浪漫诵读，决不能记，记也不能久也。三到之中，心到最急。心既到点，眼口岂有不到者乎。

修 塔

　　山，紧挨着小城。虽不高，却清清秀秀。满山是争绿斗翠的小树，遍坡是萋萋芳草。山腰间，立着几座小巧的凉亭，雕梁画栋，飞檐高翘。一条弯弯曲曲的石径盘旋而上，直通山顶。

　　晨曦微露，山雀脆鸣，便有人声喧嚷，老的、少的，男的、女的，结伴而行，说说笑笑地沿石径而上，找块开阔地，老人打太极拳，少妇扭起秧歌，小孩踢毽跳绳……小城的一天就这样开始了。

　　这一天，人们走近山脚，忽然发现码着一排砖块。

　　几个工匠模样的人抱起几块砖，吃力地上山了。一位面白、小眼、精瘦的小伙，穿着皱巴巴的西服，指间夹着烟卷，黑亮的眼睛骨碌骨碌乱转，大声吆喝："老少爷们，学学雷锋，帮个忙，带上几块砖吧！"

　　行人眼光怪怪的，望着摇唇鼓舌的瘦小伙，像躲发臭的垃圾般地绕开砖块上了山，谁也没有理睬他。

　　第二天，砖旁竖起一块木牌，上贴一张红纸，写道：山顶要修塔，请各位行善积德，带上两块砖。

　　于是就有老头、老太太走过来，抱一两块砖，上山了。

　　第三天，那瘦小伙剃了一个闪亮的光头，穿一件黄色的宽大衣裤，站在砖前大声吆喝:"快来行善积德,造福子孙呀! 快来帮忙搬砖呀!"

奇怪! 晨练的人,一看瘦小伙这副行头,忽啦啦围过来,二话没说,抱起砖就走。有几位老太太抱起砖,似乎年轻了许多,步履还很矫健。

这天早晨,砖全都运上了山顶。

月余,又一个晴朗的早晨,人们爬上山,看见一座漂亮的白色水塔矗立在山尖。

一位老太太对老头嘀咕:"不是说修佛塔吗? 怎么是水塔?"

那老头愤愤地骂道:"原来是一个骗子!"

旁边的人附和:"就是,我们以为那瘦猴是一个和尚。""就是,我们上了那小子的当了。"

一位正在做操的戴眼镜的中年人意味深长地笑了笑,口中念道:"此塔彼塔都是塔,这善那善谁为善?"

智慧箴言

当为了某种目的而去行善时,"善"已不是真正的善了。

原来这么简单

有个年轻人在脚踏车店当学徒。有人送来一辆有毛病的脚踏车，年轻人除了将车修好，还把车子整理得漂亮如新，其他学徒笑他多此一举。后来车主将脚踏车领回去的第二天，年轻人被挖到那位车主的公司上班。——原来要获得机会很简单，勤劳一点就可以了。

有个小孩对母亲说："妈妈你今天好漂亮。"母亲问："为什么？"小孩说："因为妈妈今天一天都没有生气。"——原来拥有漂亮很简单，只要不生气就可以了。

有个牧场主人，叫他的孩子每天在牧场上辛勤地工作，朋友对他说："你不需要让孩子如此辛苦，农作物一样会长得很好的。"牧场主人回答说："我不是在培养农作物，我是在培养我的孩子。"——原来培养孩子很简单，让他吃点苦头就可以了。

住在田边的青蛙对住在路边的青蛙说："你这里太危险，搬来跟我住吧！"路边的青蛙说："我已经习惯了，懒得搬了。"几天后，田边的青蛙去探望路边的青蛙，却发现它已被车子压死了。——原来掌握命运的方法很简单，远离懒惰就可以了。

有几个小孩都很想成为一位智者的学生，智者给他们一人一个烛台,叫他们要保持光亮,结果一天两天过去了,智者都没来,大部分小孩已不再擦拭那烛台。有一天智者突然到来,大家的烛台都蒙上厚厚的灰尘,只有一个被大家叫做"笨小孩"的小孩,虽然智者没来,他也每天擦拭,结果这个笨小孩成了智者的学生。——原来想实现理想很简单,只要实实在在地去做就可以了。

有一支淘金队伍在沙漠中行走,大家都步伐沉重,痛苦不堪,只有一人快乐地走着,别人问:"你为何如此惬意?"他笑着说:"因为我带的东西最少。"——原来快乐很简单,不要斤斤计较就可以了。

智慧箴言

世界原本很简单,它之所以复杂起来,是因为没人相信它会那么简单。

感悟一生的智慧故事

生命的价值

在一次讨论会上，一位著名的演说家没讲一句开场白，手里却高举着一张 20 美元的钞票。

面对会议室里的 200 多个人，他问："谁要这 20 美元？"一只只手举了起来。他接着说："我打算把这 20 美元送给你们中的一位，但在这之前，请准许我做一件事。"他说着将钞票揉成一团，然后问："谁还要？"仍有人举起手来。

他又说："那么，假如我这样做又会怎么样呢？"他把钞票扔到地上，又踏上一只脚，并且用脚碾它。尔后他拾起钞票，钞票已变得又脏又皱。

"现在谁还要？"还是有人举起手来。

"朋友们，你们已经上了一堂很有意义的课。无论我如何对待那张钞票，你们都还是想要它，因为它并没因为我的蹂躏或者践踏而贬值，它依旧值 20 美元。人生路上，我们会无数次被自己的决定或碰到的逆境击倒、欺凌甚至碾得粉身碎骨。我们觉得自己似乎一文不值。但无论发生什么，或将要发生什么，在上帝的眼中，你们永远不会丧失价值。在他看来，肮脏或洁净，衣着齐整或不齐整，你们依然都是无价之宝。"

智慧箴言

生命的价值不依赖我们的所作所为，也不仰仗我们结交的人物，而是取决于我们本身。我们是独特的——永远不要忘记这一点。

感悟一生的智慧故事

弯 腰

耶稣带彼得远行,在路上看到一块马蹄铁,彼得懒得弯腰,而耶稣弯腰将它捡起来了。

后来耶稣用马蹄铁换的钱买了 18 颗樱桃,在走过荒野的时候,耶稣掉下一颗樱桃,干渴的彼得立刻弯腰捡起吃掉,耶稣又掉下一颗樱桃,彼得又弯腰捡起吃掉,这样彼得狼狈地弯了 18 次腰。

耶稣笑着对彼得说:"要是你此前弯一次腰,就不会在后来没完没了地弯腰了。"

智慧箴言

许多人一辈子都无法摆脱的大敌,就是懒惰和鼠目寸光。

在取得之前，要先学会付出

有个在沙漠中已经行走了两天的人，途中又遇到暴风沙。一阵狂沙吹过，他已找不到正确的方向。正当快要撑不住时，突然，他发现了一幢废弃的小屋。他拖着疲惫的身子走进了屋内。这是一间不通风的小屋子，里面堆了一些枯朽的木材。他几近绝望地走到屋角，却意外地发现了一座抽水机。

他兴奋地上前汲水，却任凭他怎么抽水，也抽不出半滴来。他颓然坐地，却看见抽水机旁，有一个用软木塞堵住瓶口的小瓶子，瓶上贴了一张泛黄的纸条，纸条上写着：你必须用水灌入抽水机才能引水。不要忘了，在你离开前，请再将水装满。他拔开瓶塞，发现瓶子里，果然装满了水。

他的内心，此时开始交战着——

如果自私点，只要将瓶子里的水喝掉，他就不会渴死，就能活着走出这间屋子。

如果照纸条做，把瓶子里唯一的水，倒入抽水机内，万一水一去不回，他就会渴死在这地方了——到底要不要冒险？

最后，他决定把瓶子里唯一的水，全部灌入看起来破旧不堪的抽水机里,以颤抖的手汲水,水真的大量涌了出来。

他将水喝足后,把瓶子装满水,用软木塞封好,然后在原来那张纸条后面,再加他自己的话:相信我,真的有用。在取得之前,要先学会付出。

智慧箴言

所有的自私者,最终伤害的都是自己;所有心胸博大的人,最终帮助的也是自己。

凡事皆不可举手可得

一个小男孩问上帝："一万年对你来说有多长？"

上帝回答说："像一分钟。"

小男孩又问上帝说："一百万元对你来说有多少？"

上帝回答说："像一元。"

小男孩再问上帝说："那你能给我一百万元吗？"

上帝回答说："当然可以，只要你给我一分钟。"

智慧箴言

凡事皆不可举手可得，需付出时间及代价。

岛上没有一个人穿鞋子

有两家皮鞋制造工厂,各自派了一名推销员到太平洋上的某个岛屿去开辟市场。两个推销员到达后的第二天,各自给自己的工厂拍回一封电报。

一封电报是:"这座岛上没有人穿鞋子,我明天搭第一班飞机回去。"

另一封电报是:"好极了,这个岛上没有一个人穿鞋子,我将驻在此地大力推销。"

96

聪明人创造的机会比他找到的多。美国新闻记者罗伯特·怀尔特说:"任何人都能在商店里看时装,在博物馆里看历史。但具有创造性的开拓者在五金店里看历史,在飞机场上看时装。"

智慧箴言

发达的思维,在帮助我们准确判断的同时,也限制了我们。而那些聪明人,正是因为减小了这种限制才走向成功的。

另起一行

曾经看过一篇描述一名念小学的女孩的文章,她每天都第一个到校,第一个到教室,等待一天的开始。她的同学途中遇到她,问她为什么每天都那么早去学校,她带着腼腆的笑容,回答了这个问题。

原来,她学习成绩不怎样,长相也普通,在家中排行中间,她从来不知"第一名"的滋味是什么。某次,她发现当她第一个到达教室时,竟意外地获得了一种类似"第一名"的喜悦。她很快乐,也有了期待。

她一面走着,一面向同学袒露心中的小秘密,周身散发出一股期待及喜悦的光芒。接近教室的时候,她心中甚至升起了一种不小的兴奋和快感……不料,她的同学一个箭步往前跨过去,推开了教室门,"第一个"冲了进去,然后回头望着,露出胜利的微笑。她的光芒顿时隐去,她的心隐隐发痛。她忍住泪水,脱口一句:"第一是我的,你怎么可以……"她说不出下面的话,说不出来了,她连这个"第一"也失去了。

忘了是在几岁时看的这篇文章,只记得当时能感受小女孩的心情,因为我也是个始终与"第一名"无缘的人,甚至,因为配合家里大人的出门时间,连尝尝"第一个"到学校的滋味都没有机会。

长大了,更深刻体会到"第一名"其实已幻化成色彩斑斓的翅膀,在不同的领域中现身:有人在学业中争第一;有人在工作中抢头榜,甚至还有人总缠着恋人,一声一句地问:"我是不是你最终爱的人?"

记得一回,朋友慧曾经心痛地对我说,她没有办法同时拥有两个好朋友,因为在同一个空间中,她只能有一个最爱,因此,她经常面临抉择的痛苦,而不知如何去安置两份并列的感情。

乍听之下,也许有人会认为,她指的是异性的恋情,只可惜,真实的状况是,即使是同性的友情,也一样令她为难。

我另一个朋友林,却全然是另一个样:热力四射,才华横溢,经常是社团中令人注目的热点,认识林的人几乎都可以感受到他热情的付出。跟年轻朋友通信,是抚慰年少容易受创的心;主动关怀周遭友人,更是希望在冷漠疏离的生存空间中,注入一丝爱与暖意。

最近,得知他交了女朋友,我忍不住揶揄他:"那现在我在你心中排第几呀?"他想也不想,便答:"第一。"我极度不相信地看着他,再问一次:"怎么可能!少骗人了。"他狡黠地一笑,然后说:"当然排第一,另起一行而已。"

我笑弯了腰,不知该怪他的狡黠,还是佩服他的机智。的确,在各行各列中,每个人都期望得到第一。

其实要拿到第一也容易,就看你愿不愿意换个角色来看,只要"另起一行",每个人就都是第一了,而这个世界,自然少了许多莫名的纷争。这不也很好吗？

智慧箴言

　　和别人争第一，只能体会战胜别人的快乐。而另起一行，
和自己争第一，尝到的却是战胜自己的滋味。

失去与拥有

　　有位在商场上取得了惊人成就的企业家，有一天，陪同他的父亲到一家高贵的餐厅用餐，现场有一位琴艺不凡的小提琴手正在为大家演奏。

　　这位企业家在聆听之后，想起当年自己也曾学过琴，而且几乎为之疯狂，便对他父亲说："如果我从前好好学琴的话，现在也许就会在这儿演奏了。"

　　"是呀，孩子，"他父亲回答，"不过那样的话，你现在就不会在这儿用餐了。"

智慧箴言

　　我们常为失去的机会或成就而嗟叹，但往往忘了为现在所拥有的感恩。

得与失

有一天,蜜蜂送了一壶蜜给天神,天神很高兴地说:"谢谢你的蜜,现在我也想送你一件东西,只要你喜欢,我都会满足你的愿望。"

蜜蜂左思右想,想了很久后才说:"天神,我因为没有能力保护自己,请赐我一根一刺就能把人刺死的毒针。"

天神听到蜜蜂的要求,心中有点不悦,但既然已经答应了蜜蜂,不好意思生气和毁约,只好履行刚刚的承诺。

不过,天神提醒蜜蜂说:"我可以送给你这种针,但是有件事你必须注意,就是你在刺人后,拔出那根针时,你的生命也就结束了。"

智慧箴言

凡事都无法尽如人意,当你得到能够保命的武器,可能也是让你致死的危机。

感悟一生的智慧故事

捕鼠器

透过墙壁上的洞，一只老鼠看见农夫和他的妻子正在打开一个包裹。里面是什么食物呢？当它发现那是一个捕鼠器后，吓呆了。

老鼠跑到农场的院子里，发布警告："这所房子里有一个捕鼠器，这所房子里有一个捕鼠器！"鸡咯咯地叫着，爪子在地上乱抓，然后头也不抬地说："对不起，老鼠先生，这是你所面临的危险，和我没关系。我不必为此烦恼。"

老鼠又找到猪，告诉它："这所房子里有一个捕鼠器，这所房子里有一个捕鼠器！""非常抱歉，老鼠先生，"猪同情地说，"除了祈祷，我对此无能为力。我一定会为你祈祷的。"

老鼠找到牛。牛说："老鼠先生，捕鼠器会带给我什么危险吗？"最后，老鼠低着头回到房子里，万分沮丧地独自面对农夫的捕鼠器。

当天晚上，房子里发出声响，捕鼠器抓到了猎物。农夫的妻子急忙赶来查看。黑暗中，她没有看见那是一条尾巴被夹住的毒蛇，结果毒蛇咬伤了农夫的妻子。农夫赶紧把妻子送到医院，回来后她发烧了。

人们都说，新鲜的鸡汤可以退烧，于是农夫拿着斧头到院子里去获取鸡汤的原料。他妻子的病情没有好转，邻居和朋友们纷纷赶来轮流照顾她。为了款待他们，农夫把猪杀了。农夫的妻子病情恶化，她死了，许多人前来参加葬礼，农夫杀了牛给他们做吃的。

智慧箴言

　　当你听到有人面临麻烦而觉得那不关你的事时，请记住，当一所房子里出现捕鼠器时，整个院子都处在危险中。

感悟一生的智慧故事

思维的区别

从前,有一个拥有很多沉积了多年的大颗珍珠的海岛,那些珍珠的价值都非常昂贵。可谁也无法接近那个海岛,只有栖息在海岸附近的海鸟能飞行往来在这个岛上。

很多人慕名而来,带有枪支弹药,捕杀飞回岸边的海鸟。因为这种海鸟每到白天都会飞到岛上去吃光如明月的珍珠。

时间长了,海鸟渐渐地灭绝,即使剩下的几只也过得胆战心惊,只要一闻到人的气息,看到人的踪影,就会早早地逃走。

后来,来了一个很有智慧的商人,他在海岸附近买下大片的树林,并在树林周围围上栅栏,不让闲杂人走进他的树林。同时,他严厉告诫他的仆人,不许在树林里捕捉或驱赶海鸟,更不许放枪。

于是,当海岸其他地方的枪声一响,就会有海鸟在惊慌逃窜中不经意闯进他的树林。时间一长,海鸟渐渐地都留在他的树林里栖息。它们也因此不必再为安全而战战兢兢。

等海鸟在他的树林里逐渐安定下来的时候,他开始用各种粮食果实等,做成味道鲜美的百味食物,撒给这些海鸟吃。海鸟贪吃美味食物,吃得十分饱满,就把肚中的珍珠全部吐了出来。

日复一日,这个商人就成了百万富翁。

智慧箴言

　　在对待一些问题时,人与人的思维只存在一种看不见的细微的区别,但是由不同的思维得出的结果却有着惊人的差别。

金 表

这是一个真实的故事。

几年前,在我国东北某市,发生了一起盗窃案:某高档商场被盗,其中有 8 块金表,每块价值 8 万余元。

就在案子尚未侦破时,外地的一位商人到此地进货,随身携带了近 10 万元巨款。早晨下飞机住到酒店后,他先去办理了贵重物品保存手续,将钱存进了酒店的保险柜,此后,稍事休整,他出门去吃早点。

早点摊上,他听旁边的人在谈盗窃案,说被偷了几块金表,案子尚未侦破等等。吃完饭出去办事,不时听到身边有人在说起金表,但他也没当回事。

中午吃饭时,邻桌又有人在说金表的事,说是听说某人用 4 万块钱买了两块,倒手就卖了 7 万,还说要是这事碰到自己身上,该有多好。商人听了不禁一乐:哪会有这么好的事。

等到吃晚饭时,金表的话题又在耳边响起,众说纷纭,不一而是。等到吃完饭当他一人回到酒店后,就有人神秘地打来电话,说知道他是外地到此做大买卖的有钱人,愿不愿意买两块金表带走,本地不好脱手等等,并说表的质量可以到附近的珠宝店检测。商人终于动了心,这比自己这趟正经生意赚得还要多啊！于是他答应面谈,最终以9万元买下了据说是被盗8块金表中的3块。

第二天他觉得事情有些不对,再拿出金表请人检验,价值也就3 000余元。

当骗子们落网后,商人才知道,从他一到酒店存钱,骗子们就注意上了他,然后这一整天他听到的所有关于金表的话题,都是专门说给他一人听的。两个骗子先后雇佣了十余人来对付他,直到他掏钱买表为止,如果第一天没有奏效,第二天还要安排好的节目。

出门有几条原则,一则不看热闹,谨防自己全神贯注看热闹时成为小偷照顾的对象;二则不要想着占便宜发意外之财,能把自己包里的钱看好就不错了,还想占人家便宜,哪个不比自己聪明?

107

智慧箴言

再精明的人,一旦贪念占据了大脑,也会成为骗子们的好猎物。

鱼骨刻的老鼠

古时候,在一个国家有两个非常杰出的木匠,他们的手艺都很好,难以分出高下。

有一天,国王突发奇想:"到底哪一个才是最好的木匠呢?不如我来办一次比赛,然后封胜者为'全国第一的木匠'。"

于是,国王把两位木匠找来,为他们举办了一次比赛,限时三天,看谁刻的老鼠最逼真,谁就是全国第一的木匠;不但可以得到许多奖品,还可以得到册封。

在那三天里,两个木匠都不眠不休地工作,到第三天,他们把已雕好的老鼠献给国王,国王把大臣全部找来,一起做本次比赛的评审。

第一位木匠刻的老鼠栩栩如生、纤毫毕现,甚至连鼠须也会抽动。

第二位木匠的老鼠则只有老鼠的神态,却没有老鼠的形貌,远看勉强是一只老鼠,近看则只有三分像。

胜负即分,国王和大臣一致认为第一个木匠获胜。

但第二个木匠当廷抗议,他说:"大王的评审不公平。"

木匠说:"要决定一只老鼠是不是像老鼠,应该由猫来决定,猫看老鼠的眼光比人还锐利呀!"

国王想想也有道理，就叫人到后宫带几只猫来，让猫来决定哪一只老鼠比较逼真。

没有想到，猫一放下来，都不约而同地扑向那只看起来并不像老鼠的"老鼠"，啃咬、抢夺。而那只栩栩如生的老鼠却完全被冷落了。

事实摆在面前，国王只好把"全国第一"的称号给了第二个木匠。

事后，国王把第二个木匠找来，问他："你是用什么方法让猫也以为你刻的是老鼠呢？"

木匠说："大王，其实很简单，我只不过是用鱼骨刻了只老鼠罢了。猫在乎的根本不是像与不像，而是腥味呀。"

109

智慧箴言

人生的竞赛往往是这样，获胜者一般不是技巧最好的，而是最接近人性的，因此只有靠逻辑做事才能更符合自然规律，才能更容易成功。

同情害死人

在森林中，一只小猴子不小心被树枝戳伤了胸部，于是它捂住伤口摇摇摆摆地回家。

一路上，遇到其他猴子他就出示伤口，以博取它们的同情，猴子们为了表示关怀，也都拨开它的伤口，仔细地检视，并且七嘴八舌地建议它如何治疗，于是原来的小伤口逐渐变成了大伤口，并且严重感染发炎了。

就在小猴子奄奄一息时，其他的猴子为了表示友爱，纷纷跑来看它，再三拨开伤口检视，甚至希望它恢复往昔的活力，抱着它活蹦乱跳起来，经过这三番两次的折腾，小猴子实在承受不了，终于气绝身亡了。其他的猴子不相信它竟然他因为如此小伤而死去，一而再再而三地拨弄它，希望能使它起死回生，一直到小猴子的尸体发臭，才黯然地把它埋葬了。

我们不能苛责猴子们彼此间的关怀与友情，但却无法不痛心其愚昧无知，竟然因为好心而断送了小猴子宝贵的生命。在为枉死的小猴子叹息的同时，不禁警觉到，在万物之灵的人与人之间，不是也常发生类似的问题吗？许多小小的误会，造成的委屈与不平，由于亲友们的拨弄检视,造成伤口越来越大,终至不可收拾,永远无法愈合。

智慧箴言

　　真正被伤害得刻骨铭心的人,往往会独自躲在角落疗伤。
因为他受不了别人审视伤口的眼神。

111

感悟一生的智慧故事

骑马与走路

有个人非常羡慕别人有马骑,他特别渴望有匹属于自己的马。他觉得骑马太潇洒了,而用脚走路真是太麻烦太没意思了。别人告诉他,要想得到马,必须用你的双腿来交换。这人听了,立刻毫不犹豫地献出了自己的双腿。于是他得到了一匹马。这个骑上了马的人真是太高兴了,马的奔驰带给他一种飞翔的梦一般的感觉。但是他渐渐地发现,人不能总骑在马背上,当他下马时,他才发现他今后的生活是多么的艰难。

112

智慧箴言

没有马只是一点小小的遗憾,没有腿却是终生的苦难。可总有人想砍断自己现实的双腿,而去追寻梦中的虚幻的白马。